REVELATION
DE SAINTE
GENEVIEVE
a vn Religieux de son Ordre,

SVR LES MISERES
du Temps.

Où elle luy declare la raison pour laquelle elle n'a
pas fait Miracle cette Année.

A PARIS,
M. DC. LII.

RÉVELATION

De saincte Geneuiéue a vn Religieux de son Ordre,

Sur les miseres du temps.

CES iours passez Monseigneur l'Arche-
uesque de Paris ayant fait recommen-
cer les prieres des quarantes heures par
toutes les Eglises de la Ville, pour sup-
plier sa diuine Maiesté de rendre la paix à tout le
Royaume & le repos à cette ville & à ce Diocese
agité miserablement de differentes conuulsions,
de la maladie aussi bien que de la guerre : Vn bon
Religieux se tenant au pied de l'Autel de saincte
Geneuiéue, print vne saincte hardiesse, & luy dit en
soûpirant.

Grande Sainte, prosterné deuant vos glorieuses
reliques & vos pretieuses Cendres, pardonnez-moy
si ie prens la liberté de vous ouurir mon cœur, &
de vous descouurir mes sentimens, pour dissiper le
trouble où ie suis & la peine qui me tourmente : i'ay
suiet d'auoir recours à vous, puisque c'est vous qui
estes la cause de mon estonnement, & qui par vos

ſaints lumieres pouuez chaſſer l'horreur de la nuict,
& des ennuy qui m'afflige, auſſi bien que pluſieurs
âmes de voſtre ville de Paris, qui pour ne prendre pas la meſme liberté que moy de vous parler, ne laiſſent pas de viure dans la meſme inquié-
tudes plus reſpectueux à l'exterieur enuers vous ce
ſemble que moy, mais non pas moins preſſé du meſme trouble que moy, qui demeurerois ſans doute
comme les autres dans l'aſſoupiſſement de mon mal,
ſi ie ne ſuiuois le mouuement d'vne ſainte confiance
que ie ſens que vous faites naiſtre en moy meſme
pour le ſoulagement de tous.

Donc permettez moy, grande Sainte, que ie
vous demande auec tout le reſpect poſſible, & que
ie vous dois, non point par vn eſprit de curioſité
qui me rendroit indigne d'eſtre eſcouté de vous,
ny par vn deſir qui ſeroit temeraire d'entrer dans la
connoiſſance des deſſeins & des conſeils de Dieu
que nous deuons touſiours adorer, mais pouſſé de
la compaſſion de la perte de tant de peuples qui
periſſent, auſſi bien peut eſtre eternellement, pour
eſtre priuez des aſſiſtances de l'Egliſe, comme tem-
porellement pour eſtre deſpouïllez de leurs biens
& des choſes neceſſaires à la vie. Nos maux dure-
ront touſiours, & par leur durée deuiendront encore plus inſupportables ſi nous n'y cherchons du
remede, & où les treuuer? ſinon chez vous & par
voſtre entremiſe, tant aupres de la Diuine bonté,
que parmy ce peuple qui vous honore.

A

C'eſt

C'est donc ce seul desir de contribuer quelque chose à la conseruation de la Religion & de la pieté qui
se destruit par cette guerre, à la reparation des Autels
qui sont abatus, des Sacrifices qui sont abandon-
nez, de l'authorité Royale, ie ne diray pas qui sem-
ble mesprisée : mais qui n'est pas assez reconnuë ny
reuerée, & enfin à la paix, au repos & à la tranquili-
té publique, sy non de toute l'Europe pour le moins
de la plus belle & la plus peuplée ville du monde qui
vous appartient par tant de titres, & qui vous est
consacrée par tant de vœux.

  D'où vient grande Sainte, que vous ayant rendu
nos deuoirs nos soumissions & nos hommages nous
n'auons point receu les effects de vostre affection,
nous auons ieuné & pleuré deuant vous, soupiré
& prié aux pieds de vos Autels, & vous ne nous
auez point escoutez, nous auons chanté vos louan-
ges, & à l'imitation de nos ancestres nous auons
honoré vos saints ossemens d'vn Triomphe public,
auec tant de respect & de veneration, auec tant
d'ardeur & de pieté, & auec tant d'affluence & de
confiance que nous auions suiet d'esperer de rece-
uoir par vostre secours, les mesmes assistances que
vous auez renduës autrefois à nos peres, vous ho-
morant des mesmes ceremonies. Nos ieusnes n'ont
point esté forcez, nos larmes point feintes, nos
voix point languissantes, nos prieres ardentes, nos
souspirs legitimes & nos vœux veritables & accom-
plis : D'où vient donc que nous auons esté priuez de

B

voftre protection , vous Patronne de cette Ville
contre fes ennemis , Aduocate de cette populace
deuant le Throfne de Dieu , Protectrice de nos Autels , Ange tutelaire de noftre Religion , refuge or-
dinaire en nos aduerfitez, afile dans nos mal-heurs,
bergere de nos troupeaux , pourquoy font-ils diffi-
pez fous voftre conduitte, mere de nos peuples pourquoy font-ils perdus entre vos bras , remede affeu-
ré de nos malades , pourquoy font-ils eftouffez de
la mort, port ouuert à nos debris , pourquoy perif-
fons nous dans la tempefte, nos prieres nont-elles
pas efté accompagnez de penitence , nos foufpirs
de repentence , & nos vœux de fidelité? peut-eftre
nous n'auons pas merité d'eftre efcoutez de Dieu,
mais vous que nous auons priée , vous auez toufiours merité & toufiours efté digne d'eftre efcou-
tée & exaucée de fa diuine Maiefté, nous n'auons
rien demandé fans vous , & n'auons rien efperé qu'a-
uec vous , nous auez vous fruftrez de voftre attente,
auez vous prié auec nous , auez vous demandé pour
nous? fi cela eft ainfi, pourquoy nos miferes durent
elles, nos mal-heurs font ils prolongez , nos l'armes ne font point effuyez, nos defordres point finis
& nos peines point terminées?

    Il continuoit ainfi fes foupirs dans la Meditation
des caufes de nos difgraces, quand s'eftant affoupy
du fommeil , Sainte Genneuiefue reueftuë de lu-
miere, & portant vn flambeau blanc dans la main,
s'apparut à luy , & luy dit.

IL est vray que i'ay tousiours eu compassion de
vos miseres & de vos afflictions, & tousiours con-
serué mes premiers desseins de vostre protection,
qui se sont augmentez aussi bien par le nombre de
vos mal-heurs, que par vos soupirs & par vos prieres,
que i'ay escoutées auec tendresse de mere, & auec le
soin que demande la charge que i'ay prise d'estre
vôtre Aduocate, & auec plus de sincerité & d'affectiõ
de vous soulager, que vous n'auez pas monstré de
passion pour vostre propre repos. Il est encore plus
vray que i'ay tousiours veu sa diuine bonté plus pre-
ste & plus prompte à vous secourir, que vous n'auez
esté à luy demander de l'assistance, que ses bras vous
ont esté plutost tendus & offerts, que vous n'auez
esleué vos mains pour implorer la misericorde.
Mais ny la faueur qu'il me fait de m'escouter quant
ie luy parle pour vous, ny sa bonté sollicitée par tant
de gens de bien qui viuent parmy vous, n'ont encore peu obtenir la fin de vos disgraces, ny le remede de toutes vos miseres, par ce que vous mesmes
vous vous opposez à ce que vous souhaitez. Dieu
pour accorder à ses Saints qui iouïssent de sa gloire dans le Ciel & aux prieres de ses vrays seruiteurs
qui sont sur la terre, ce que les vns & les autres luy
demandent, voit dans les creatures de certaines dispositions, desquelles vous vous esloignez aussi sou-
uent que l'on tasche de vous y remettre. En vn mot
Dieu veut vne humilité, & qui est vn assuiettisse-

ment entier de l'esprit des hommes à l'ordre qu'il a
establi dans la terre, non pas seulement à la diuer-
sité des saisons de la nature : mais aussi aux puissances qu'il a ordonnées dans le monde, ausquelles il
faut rendre vn Religieux respect, vne obeïssance
parfaitte, & vne soubmission entiere de l'esprit qui
ne censure point leurs desseins, ne combat point
leurs entreprises, execute leurs volontez & accom-
plisse leurs commandemens quels qui soient dans
leurs mœurs & dans leurs vies, & quoy qu'ils com-
mandent qui ne soit point contre Dieu.

Paris, tu demande à Dieu qui tient le cœur du Roy
dans sa main, qui le conduise, & tu ne veus pas
suiure les ordres veritable qu'il te donne, tu ne
veus pas te soubmettre à ton seul Monarque, &
tu te rends captiue de ceux à qui tu ne dois point
d'obeïssance, tu te plains d'vn ioue que tu dis estre
trop rigoureux, & tu en reçois vn autre qui est bien
plus pesant, plus iniurieux à Dieu, à ta reputation,
à ta liberté & à ta vie : iniurieux à Dieu, parce qu'il
n'est pas legitime, ce n'est pas celuy qui veut que tu
porte, tu comets vne espece d'idolatrie, tu te formes
de nouueaux Dieux, tu réds de nouuelles adoratiós
à des Idoles, c'est à dire à ceux qui ne sont que les
foibles crayons de la veritable puissance que tu dois
reconnoistre dans ton Roy, tu ouures tes portes à
des troupes Estrangeres & ennemies, & tu les fer-
mes à celle de ton Roy, tu leurs fournis des muni-
tions & des viures, & tu en refuses à tes Compa-
triotes,

triotes qui fuiuent leur Roy, tu prens les armes &
employe ton artillerie contre ton Roy, sous de faux
pretextes, & tu fauorises ceux qui sont declarez ennemis iurez de la Couronne.

Ie sçay bien que tu me peux dire que ce ne sont pas
tes veritables Bourgeois, mais bien la lie du peuple, & toute sorte de gens ramassez des Prouinces
qui sont causes de tous ses desordres. Auoüe donc
que tu as perdu ta liberté, que ton Parlement n'est
plus libre, & que plusieurs n'osent pas par la crainte,
& par la foiblesse soustenir la verité de leur senti-
ment, ny maintenir la fidelité qu'ils doiuent, &
qu'ils ont iuré à leur Souuerain. N'as tu pas veu Paris les premiers de ce corps mal traittés vn iour où il
commançoit à respirer & à vouloir prendre de la
franchise pour mettre ordre à tes diuisions.

De quel œil as tu veu ton Autel de Ville assiegé,
bruslé, pillé, tes meilleurs Citoyens, les vns en danger de leur vie, les autres tuez & massacrez, & les autres pris à rançon, seulement pour vouloir trauail-
ler à ta conseruation, & cet horrible spectacle se
passer au milieu de ton sein, sans que pas vn de tes
Citoyens prist les armes pour soulager & pour déli-
urer leurs Chefs, leurs peres, leurs plus grand amis,
leurs protecteurs, leurs Gouuerneurs & les princi-
paux habitans, il n'estoit pas permis d'aller esten-
dre le feu qui les alloit consommer, de leur porter
vn peu d'eau pour estancher la soif qui les tourmen-
toit par la fumée, & par la crainte de la mort pro-

C

chaine, il n'estoit pas permis de sortir de la maison
pour aller apprendre seulement des nouuelles de ce
qui se passoit, recueillir les cendres de ceux qu'on
vouloit consommer, d'assister d'aucuns remedes ceux
qui estoient blessez, de retirer chez soy ceux qui ti-
roient à la fin, ny de prendre les corps de ceux qui
estoient desia morts pour leur donner la sepulture.

Paris, ton aueuglement a-t'il esté si grand que de
ne pas voir que tu auois perdu toute ta franchise &
toute ta liberté. Lequel de tous tes Rois le plus iustement irrité contre toy, t'a iamais reduite en vn
estat si miserable, & tu appelle tes protecteurs les
Autheurs de toutes ces violences, tu demandes des
graces & des Amnisties les armes à la main, tu en
demandes pour des incendiaires, des prophanateurs
des Temples, pour des impies, des sacrileges &
des violateurs des loix diuines & humaines. Tu
chicane auec ton Roy sur des mots & des formali-
tés de paroles, & tu ne veut pas qu'abandonnant ses
propres interests, il conserue & vange ceux de Dieu
qu'il ne peut abandonner sans crime.

Tes Roys doiuent agir comme Dieu, il pardon-
ne & punit tout ensemble, par ce qu'il est bon &
iuste, tout ensemble, il remet les fautes par l'effet de
sa bonté : mais il ne peut empescher que sa Iustice ne
les punisse tost ou tart, ou plus rigoureusement, ou
plus doucement dans cette vie ou bien dans l'autre.

L'on te fait craindre la Maiesté de ton Roy qui
n'a pour toy que des sentimens de pere, & des ten-

dreſſes dont il t'a voulu donner touſiours toute ſorte de teſmoignages, tu as penſé deuiter quelques le-
geres contributions neceſſaires pour les affaires de
la guerre, & regarde tes villages ruinez, tes mamel-
les deſſeichées, tes campagnes deſolées, tes meres
nourices eſtouffées, tout le plat pays perdu, & meſme ſans labour, & ſans eſperance pour les années
prochaines. Iamais le Roy par ſa iuſtice, meſme
eſtant iritée, & iamais des Miniſtres d'Eſtat quels
qu'ils euſſent peu eſtre, plus violent, plus fourbes &
plus inſatiables, n'euſſent iamais tant fait de mal au-
tour de Paris, tant ruiné de villages, tant violé de
lieux ſains & de ſaintes perſonnes, tant abbatu
d'Autels, tant pillé de maiſons, tant commis de
maſſacres & de cruautés, tant reſpandu de ſang,
tant diſſipé de biens, tant accablé de miſerables, que
tu as fait par ton iniuſte ſouleuement.

L'on a veu deſcouurir & emporter le plomb de tes
Egliſes, rompre tes tabernacles, prophaner le tres
ſaint Sacrement, tuer tes Preſtres, violer tes Religieuſes, abbatre tes maiſons, n'y pas laiſſer vn mor-
ceau de fer, mettre le feu aux pieds de tes arbres frui-
ctiers, couper tes bleds ſans attendre la maturité,
en tirer vne partie, & laiſſer l'autre pourrir en fu-
mier, tes prez à l'abandon, tes vignes à la mercy
des ſoldats, tes villages deſertés, tes peuples mou-
rir ſans l'aſſiſtance des Sacremens, tes meilleurs Citoyens n'oſer parler, eſtre accablés & menacés par
des inſolens mercenaires, gagnés auec vn peu d'ar-

gent, & ce qu'on tiroit de tes maiſons de campa-
gne, l'on l'employoit pour te perdre chez toy.
Quel Roy t'euſt iamais traitté de la ſorte, quelle Reyne, encore plus outragée s'il ſe peut, euſt pû ſouffrir
tant de miſeres, franchiſſons le mot, cent & cent Ma-
zarins, c'eſt à dire auſſi mauuais eſprits qu'on te for-
ge eſtre le ſien, n'auroient iamais en dix ans fait
tant de mal, commis tant de crimes, ny ruiné tant de
monde, comme ont fait ceux que tu appelle, Paris,
tes protecteurs.

Iuſques icy, qu'on fait & que font encore tes
gardes à tes portes, ſinon mettre & laiſſer les armes és mains d'vne populace agitée touſiours de
nouueaux mouuemens, où perſonne ne veut obeir,
chacun veut eſtre maiſtre, & ſe croit eſtre autant ou
plus conſiderable que celuy qui luy veut donner
l'ordre.

C'eſt nourrir la liberté parmy tes artiſans, qui ne
reuiennent qu'à regret à l'ouurage; c'eſt fomenter
l'eſprit de rebellion, c'eſt entretenir les deſordres
paſſez; combien à tes portes s'eſt il fait doſſieuces
mal à propos, de ſurpriſes, ou pluſtoſt de priſes &
de pilleries iniuſtes ſous de faux pretextes & de fauſ-
ſes apparences, il n'a pas eſté permis d'emmener rien
pour ton Roy, ſes fideles ſuiets n'ont pas eu la liberté d'emporter leur argent pour luy aller rendre leurs
ſeruices, l'on a foullé ſans raiſon, & recherché ſans
reſpect, iuſques dans les biaires des morts, meſme de
pauures Religieuſes qu'on reportoit au tombeau de
leur

leur maison, sous esperance de butin, & dans ces
tumultes de tes portes, combien de meurtres, combien d'innocens immolez à la fantaisie d'vne populace trompée tous les iours par autant de nouuelles qu'on luy en debite. Là combien de debau-
ches, de ieux de iuremens, d'affrons faits aux plus
honnestes gens, mesme à tes Prestres, sortant ou re-
uenant des lieux de deuotion plus proches de tes
murs, pour prier Dieu pour ton repos, lors que tu
laissois entrer & sortir toute sorte de voleurs, &
que ceux que l'on te descouuroit & arrestoit à vne
porte, sortoient le lendemain par vne autre, estant
seulement conduits à ta Maison de Ville, plustost
par apparence que par aucune iustice. Enfin n'a
t'on pas veu ta garde aller auec force & insolen-
ce dans les maisons des pauures vesues & orphelins
leurs arracher auec paroles & menaces iniurieuses, ce
qu'ils auoient de resté pour leur vie, sous pretexte
de haller pas à vne garde plus iniurieuse à ta gloire,
que necessaire à ta tranquillité.

De tes portes si l'on passe dans tes ruës, on en-
tent autre chose que des faussetez, des mensonges, & des medisances horribles, inuentées & de-
bitées par des mains & des voix mercenaires &
aiettées pour tromper la credule populace, & pour
faire gemir tes bons citoyens, qui n'ayant pas la
liberté de se declarer seruiteurs de leur Roy, passent
pour seditieux & meschans, s'ils s'assemblent pour
mettre ordre à ces desordres & examiner s'ils peuuent
leurs calamitez, & si l'on entre dans tes maisons ne

A la
por-
te de
Mont-
mar-
tre.

D

sont-elles pas pour la pluspart dépeuplées, puisque
les trois parts de tes habitans se sont écartez, & que
le reste faisant bonne mine à l'exterieur, ne laisse
pas de souffrir auec peine, & si tu n'y apporte quelque remede; souffrira dans quelque mois tant de
disette, & de viures & de bois, que la mort qui se
promene par tes rües, acheuera de consommer ces
cadaures que la necessité reduira bien tost aux abois.
Et parmy tout cela quelques bons citoyens détachez
de tous interests, ne regardant que le bien public, &
que ce que l'on doit à son Roy, s'estant ynis dans son
Palais Royal, l'on a crié qu'il les falloit brusler, com̃e
on auoit fait les autres dans l'Hostel de Ville, sans
respect d'vne maison sacrée, ny des Images de ton
Roy, qui y paressent de toutes pars; l'on s'entrete-
noit des moyens de piller cette Maison Royale, sous
pretexte de se saisir de ceux qui s'y entretenoient des
moyens de reuoir & de rauoir leur Roy, tes Colo-
nels & tes Capitaines pour auoir tesmoigné vouloir
rendre leurs deuoirs à S. M. & la prier oubliant toute
chose, de reuenir en ton sein, sont menacez de pri-
sons & de fers, enfin l'on te nourrit de mensonges,
l'on te deguise la verité, l'on ne la peu publier auec
asseurance, & peut-estre toy. mesme si tu respans mon
fils, comme ie le souhaitte. ces lumieres dans les
esprits de tes concitoyens; seras tu disse, peut estre
en danger de perdre ta liberté ou bien ta vie; tant
on a de la peine à souffrir les veritez du ciel & de la
terre, soit celles qui regardent Dieu, ou celles qui
touchent le respect & l'obeyssance aux puissances

establies de sa diuine main sur la terre.

Tes vœux pourtant & tes prieres n'ont pas esté inutiles, ny mes soins superflus, i'ay commencé la merueille & le miracle que tu attendois de moy, i'ay attendry & adoucy l'esprit du Roy, iustement irrité de tant de reuoltes, dans la premiere année de sa maiorité, dans laquelle, apres les acclamations qu'il receut dans tes ruës, de tout ton peuple, le premier iour qu'il fut declaré maieur, il ne pouuoit esperer de toy, que des passions pour son seruice, & des tesmoignages de perpetuelle obeyssance, & cependant tu as changé tes premiers mouuemens, quitté ton deuoir, fait bresche presque irreparable à ta fidelité, & merité plustost les effects de sa colere & de sa iustice que ceux de son affection & bien-veillance, que ie t'ay pourtant acquise aussi bien que le cœur de la Reyne que ie t'ay gagné, apres tant de noires medisances contre sa vertu, tant de chansons & discours insolens contre sa conduitte, apres tant de desseins contre sa personne Royale & sacrée, apres tant de mespris iniurieux, que la moindre femme du Royaume n'auroit pas soufferts sans vengeance, ie l'ay pourtant arraché de son cœur & de ses mains, auec d'autant plus de force qu'elle a plus de puissance & d'authorité pour l'executer. Ainsi par mon entremise, tu as riche craindre de ces puissantes Maiestez, mais pour l'accomplissement entier de la grace & de la merueille que tu me demandes, ie n'ay peu faire miracle, parce que tu n'a pas escouté mes sentimens, suiuy mes lumieres, accom-

ply les ordres & les loix de Dieu, ny celles de ton
deuoir.

Voila donc, ce qui m'a empesché iusques icy,
Paris, de te donner le repos que tu m'as demandé,
voila tes mouuemens qui m'ont lié les mains, voila
les mauuaises dispositions qui t'empeschent de rece-
uoir des assistances du Ciel, sors de tes aueugle-
mens, reuiens à toy-mesme, reprens ton bon sens,
escoute la verité, suis la raison, humilie toy deuant
Dieu, reconnoissant tes fautes, & aquins ton Roy,
te soumettant à toutes ses volontez, & t'asseure de la
part du Ciel qu'il n'a que des tendresses & des bon-
tez pour toy, que toutes les apprehensions de chasti-
mens que l'on t'a données sont folles & bien songeres,
& que s'il n'apporte vn autre esprit que celuy de paix
& de douceur, le Ciel mesme prendra ton party, &
t'ayant veuë soumise aux Loix diuines & humaines,
te comblera de tant de felicitez, que tes prosperitez
égaleront ta grandeur, & donneront suiet aux autres
Royaumes de suiure ton exemple, abandonnant
toute sorte de diuisions pour s'vnir à Dieu & à leur
Roy.

Le reste de la France soumise sous sa loy te regarde, & ce petit coin qui reste dans son embrasement,
esteindra bien-tost ses feux & se portera dans l'o-
beïssance, ainsi tu rendras la paix à ton Royaume, &
par cette rencontre, tu la pourras obtenir pour toute
l'Europe, & pour toute l'Eglise.

F. I. Nam

www.ingramcontent.com/pod-product-compliance
Lightning Source LLC
Chambersburg PA
CBHW061507170626
46811CB00004B/1640